30 conselhos
5 pontos de reflexão
e algumas dicas
para o recém-divorciado

Dados Internacionais de Catalogação na Publicação (CIP)
(Câmara Brasileira do Livro, SP, Brasil)

Rushansky, Efraim
    30 conselhos : 5 pontos de reflexão e algumas
dicas para o recém-divorciado / Efraim Rushansky. —
São Paulo : Ícone, 2008.

    ISBN 978-85-274-1000-7

    1. Divorciados - Humor, sátira etc. 2. Divórcio
3. Humorismo I. Título.

08-06355   CDD-306.89

Índices para catálogo sistemático:
1.   Divorciados : Tratamento humorístico   306.89
2.   Homens : Divórcio : Tratamento humorístico
      306.89

30 conselhos
5 pontos de reflexão
e algumas dicas
para o recém-divorciado

Efraim Rushansky

© Copyright 2008.
Ícone Editora Ltda.

Projeto Gráfico
Sonia Susini

Ilustrações
Leonardo Gouvea

Revisão
Rosa Maria Cury Cardoso

Proibida a reprodução total ou parcial desta obra,
de qualquer forma ou meio eletrônico, mecânico,
inclusive através de processos xerográficos,
sem permissão expressa do editor
(Lei nª 9.610/98).

Todos os direitos reservados pela
ÍCONE EDITORA LTDA.
Rua Anhanguera, 56 – Barra Funda
CEP 01135-000 – São Paulo – SP
Tels./Fax.: (11)3392-7771
www.iconeeditora.com.br
iconevendas@iconeeditora.com.br

Que não seja imortal
posto que é chama,
mas que seja infinito
enquanto dure.

Vinicius de Moraes

Prezado amigo e companheiro

bem-vindo ao clube dos **ex**.
Clube elitista, porém democrático,
com membros de todas as cores,
raças, e *status* sociais.

PRIMEIRO ATO

Quero, antes de mais nada, lhe apresentar a você mesmo, apesar deste ato em princípio parecer absurdo e até meio bizarro.
Se faz necessária esta re-apresentação de você ao seu eu, já que nos últimos anos o seu ego foi mais pisado e maltratado que grama de campo de futebol da terceira divisão. Você foi vilipendiado por gregos, troianos, e até Péricles, o pequinês da tua ex, mijou no teu sapato social...

Portanto, de agora em diante você só tem que agradar a si mesmo, sem prestar contas a ninguém. Pode usar a calça descombinando da camisa, pedir demissão do emprego, e até pagar a conta do motel com o cartão de crédito da conta conjunta, sem ter medo de ser agredido com tachações ultimativas de cretino, irresponsável, ou sem jeito, respectivamente.

Mantenha-se atento depois do grito de "independência ou morte", pois a ex é bem capaz de eleger a segunda opção.

Nada de se justificar frente aos parentes, amigos, ou tentar explicar para a vizinha do quinto andar, as razões pelas quais o teu casamento foi prá cucuia. Lembre-se que os parentes e amigos casados, morrem de inveja da tua súbita liberdade, e a vizinha, baixo o peso dos trinta e cinco anos, está dando tiro na macaca, com fome de banana comprida e madura, porém disposta a comer, em caso de necessidade, banana nanica, verde, ou passada.

Aproveite o *start* positivo, pois não é todo dia que se recebe a chance de uma segunda época na escola da vida.

Comece o mais rápido possível aquela dieta tão planejada, e tantas vezes postergada.

Reapareça no bar que você freqüentava antes de casar, e renove a assinatura da academia, porém nada de exagerar.

Não existe pressa absolutamente pra nada. Deixa o andor andar devagar que a santa é de barro, portanto, é só você não botar com suas próprias mãos um pau na roda da vida que ela rodará de mansinho, sem grandes atropelos.

Mesmo com estes _____ quilos supérfluos, você ainda serve pra um pagode, pois na sua faixa etária os desejados não se encontram, e os encontrados não são desejados,

Lei da oferta e da procura

sem contar que muitos já estão a comer cenoura pela raiz, o que cria uma pressão de alta no mercado do sexo masculino.

Saiba que você não está sozinho, apesar de não escutar o latido nervoso do *poodle* da vizinha, nem as reclamações perpétuas da mulher com quem você viveu nos últimos anos.

Muito pelo contrário. Você se
encontra agora em boa companhia.

_____ ,
_____ ,
_____ ,
_____ ,
_____ ,

todos amigos verdadeiros, que
realmente gostam de você sem aspas,
ou interesses ocultos.

SEGUNDO ATO

Ao que tudo indica, depois de muita reflexão e relutância, você resolveu mandar tudo às favas, o que nos primeiros momentos pode parecer como um salto livre sem pára-quedas. Ponha um pouco de criatividade e paciência que tudo se resolve. Todos lhe desejamos uma feliz aterrissagem.

Guarde bem esta lista de telefones em caso de necessidade:

A sua atitude, meu prezado amigo, é digna de menção honrosa, portanto, a presidência do clube dos EX resolveu por unanimidade aceitar o seu pedido de filiação. Este é um clube como foi acentuado no comecinho, com muitos direitos e poucas obrigações.
De hoje em diante, você pode se orgulhar de ser membro benemérito da confraria universal dos EX-maridos, na categoria Júnior.

Se você resistir a todas as tentações
do mulherio em sua volta, pois o
homem tem memória curta, dentro
de alguns anos mais você será
promovido a sênior com todos
os direitos inerentes aos veteranos.
Você tem agora algumas opções
abertas ao seu bel-prazer.

Pode cair na buraqueira total, trocando de mulher como eu troco de cueca (duas ao dia).

Dar um *up grade* para a amante, dona de metade da fortuna do ex dela.

Ou formalizar o relacionamento com o cabeleireiro de sua ex-mulher, um paraibano parrudo, pai de filhos, que de tão íntimo conhecedor do sexo oposto, optou por ser boiola.

No caso das três opções serem incorretas, aqui vai um espaço livre.

_____

_____

_____

_____

_____

_____

_____

Lembre-se que agora você tem o livre-arbítrio de escolher entre o bom e o melhor.

É importante levar em consideração que todos os familiares e amigos comuns estão melindrados com o evento, portanto uma pausa metódica para meditação nunca fez mal a ninguém e alguns dias de abstinência sexual provavelmente não o levarão ao desespero total, ou pior que isto, de volta aos braços da ex-esposa, pois é importante lembrar nestes momentos, que sempre é melhor estar sozinho do que mal acompanhado.

Mesmo porque esta aparente solidão não é novidade para quem durante os últimos anos comeu três refeições sem trocar uma só palavra com a legítima, sempre de cara fechada, como se fora cortina de bordel. Já há muito tempo que você se sentia desacompanhado na companhia dela, portanto, nada de dramático aconteceu.

Simplesmente você que vivia em liberdade condicional, acaba de receber a tão esperada carta de alforria.

Você está a gozar, neste momento, do novo *status* existencial de *homo-liberatus*, pois a separação é como tratamento por choque. Depois de uma descarga de 220 Volts, pois é bom não exagerar, você recebe de volta a liberdade e tranqüilidade que lhe foram deletadas desde aquele sim inconseqüente frente ao altar, rabino ou juiz. *(Sublinhe em vermelho o correto)*.

É verdade que você poderia ter feito
há alguns anos tudo o que você está
fazendo agora, porém nada de
se lamentar sobre o leite derramado,
pois sempre é melhor tarde
do que nunca.

"Libertas quae sera tamen."

É claro que não é nada simples acordar no dia seguinte à separação, com metade de uma casa, metade de um carro, metade dos saldos positivos no banco, ou em caso de saldos negativos, as dívidas que foram contraídas em conjunto são herdadas na íntegra por você.

Lembre-se, porém, que poderia ser pior, pois apesar dos direitos adquiridos por ela durante os anos de vida comum sobre metade de tudo que é seu, o sistema judiciário não permite a mutilação. Pois se não fora por esta limitação legalista, a ex levaria de suvenir uma de suas orelhas para poder continuar a reclamar, e com a tesoura de destrinchar frango desconectaria o ovo esquerdo do seu saco escrotal, que seria então exposto numa redoma de cristal, cheia de formalina, com os bibelôs herdados da avó na vitrine da sala.

Tudo isto sem falar dos bolsos leves devido aos pesados honorários dos advogados.

Porém, lembre-se que nem tudo
está perdido. Neste caos escatológico
onde reina a escuridão, existe um
facho de luz.

De hoje em diante, você pode fumar
na cama sem ter que abrir as janelas,
chamar sua sogra de ex-sogra,
sua mulher de ex-mulher deixando
no tempo presente, somente a
cunhada, mulher do irmão dela
com quem você, vez por outra,
tem uns encontros amorosos
num motel da Barra, com jacuzzi
e almoço incluído.

*Liberdade,
liberdade,
abre as asas
sobre nós.*

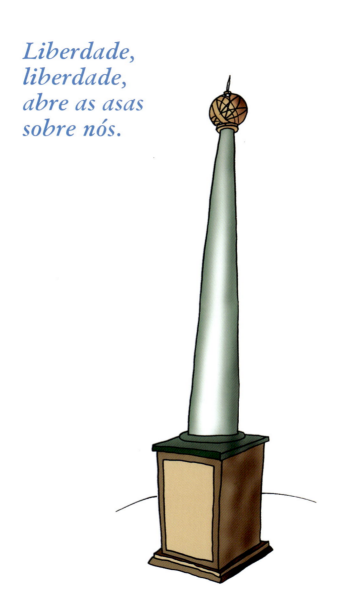

Se esta pressuposição sobre a cunhada é errônea no seu caso, é sempre bom não deletá-la do texto, pois o que não aconteceu no primeiro matrimônio sempre pode acontecer no segundo, ou no terceiro.

Depois de partir de táxi, pois as chaves do carro desapareceram misteriosamente, você vai ficar dois dias num hotel, até que um bom amigo te chame pra casa dele.

43

Nada como ser hóspede, durante algumas semanas, na casa de um amigão que resolveu os problemas dele, antes de você, pois além de anfitrião você necessita de um psicanalista e confessor.

Duas semanas de mala e cuia na casa do amigão é tempo suficiente pra você se mancar. Alugue um *flat* pra não dar o que falar, pois sempre pode aparecer uma boa alma, entre os conhecidos comuns, que vai espalhar por aí o boato que tu deixastes a mulher pelo amigo.

O apartamento alugado, deve
ser do tipo quitinete pra não abrir
os olhos da ex que continuará
eternamente a fazer a contabilidade
dos teus ganhos futuros, pois toda
clínica particular, sabe juntar os
custos da operação de amídalas do
filho, com a plástica de peito da ex,
que não vai querer entrar no mercado
das livres e desimpedidas com
os balagos a balançarem perto
do umbigo.

Passeie tranqüilamente pelo seu novo habitat se familiarizando com os poucos móveis e a geladeira vazia como um leão demarcando seu território, porém sem necessidade de urinar nas varandas e área de serviço.

Aprenda a valorizar o ruído do silêncio, e o vazio cheio de paz do seu novo lar, pois você pode soltar um "flato" sem escutar uma voz gutural e tachativa te catalogando como "animal". Cada letra devidamente pronunciada por entre os dentes, para dar mais ênfase.

O melhor de tudo, no entanto, é que você pode chegar de madrugada sem entrar de mansinho. Bater a porta como deve bater o dono da casa, e acender a luz do quarto sem aquela pergunta retórica de que horas são, e por que você está voltando tão tarde?

TERCEIRO ATO

Você não necessita mais mentir pra ela, e ela não precisa mentir de volta pra você, fingindo que acreditou.

Que beleza meu irmão.

Pode tomar mais um _____ pra quebrar a ressaca da _____, e deitar na cama com as calças que passou o dia trabalhando.

A televisão que havia sido encampada em favor das telenovelas, pela mulher, empregadas, e filha, volta solenemente a transmitir notícias locais e mundiais, pois é necessário que você se ponha a par dos eventos ocorridos sobre a face da terra nas últimas vinte e quatro horas.

Não abra mão do travesseiro com
penas de ganso da tua bisavó, nem
do disco *long-play* que ela te deu no
segundo encontro depois do *blind date*,
pois ela vai levar o DVD e o CD,
deixando para você a vitrola
sem agulha, do porão.

O álbum de fotografias dos tempos
de noivado e do casamento deixe-a
levar, porém não com as fotos da tua
família, pra ela não botar urucubaca
em cima da tua mãe, num centro de
magia negra da baixada fluminense.

É de suma importância que pelo menos um retrato da ex fique com você. O retrato deverá ficar exposto na cabeceira da cama de casal, pois a foto em branco e preto da ex, servirá de sismógrafo para os seus futuros relacionamentos.

Sempre que você tiver vontade de casar novamente olhe bem fundo no retrato da sua ex, pois a melhor das atuais, é um projeto clonado da ex com alguns anos de antecipação.

Por outro lado como dizia o primo de um bom amigo, a foto serve como sinal de alerta, pois no dia em que a atual começa a querer trocar a foto da ex, pela dela, chegou o tempo de zarpar do porto em busca de terras no além-mar ou mesmo nas vizinhanças, pois para um verdadeiro bandeirante nunca faltarão matas a serem desbravadas, e montes a serem escalados, a começar pelo monte de Vênus.

Imagino que você também deve ter algo para acrescentar, portanto, aqui vai um espaço livre!

Enfim meu dileto amigo, temos que marcar um jantar, pois quero escutar em viva voz como é que você conseguiu se desfazer da tua mala sem alça, pois amigo é pra estas coisas.

Hoje você está começando uma nova etapa na sua vida, muito cuidado, sorte, e que Deus te acompanhe, pois errar é humano...

...Diabólico é repetir o erro.